Les Éditions de l'arbre ont le plaisir de présenter

SUPER CHIEN 3
CONTE DE DEUX MINETS

DAV PILKEY

EN TANT QUE GEORGES BARNABÉ ET HAROLD HÉBERT

MISE EN COULEUR DE JOSE GARIBALDI

TEXTE FRANÇAIS D'ISABELLE ALLARD

Éditions
■SCHOLASTIC

CELLE-CI EST POUR VOUS, M. ROBINSON!
(MERCI, DICK.)

Catalogage avant publication de Bibliothèque et Archives Canada

Pilkey, Dav, 1966–
[Tale of two kitties. Français]
Conte de deux minets / Dav Pilkey, auteur et illustrateur ;
texte français d'Isabelle Allard.

(Super Chien ; 3)
Traduction de: A tale of two kitties.
ISBN 978-1-4431-6434-4 (couverture souple)

I. Titre. II. Titre : Tale of two kitties. Français

PZ23.P5565Co 2017   j813'.54   C2017-901800-0

Édition publiée par les Éditions Scholastic, 604, rue King Ouest, Toronto (Ontario) M5V 1E1
6 5 4 3 2   Imprimé en Malaisie 108   18 19 20 21 22

Remerciements à Charles Dickens, dont les romans, tout particulièrement
Le conte de deux cités, ont encore un impact sur les lecteurs d'aujourd'hui.

Conception graphique : Dav Pilkey et Phil Falco
Mise en couleur : Jose Garibaldi
Directeur artistique : David Saylor

TABLE DES MATIÈRES

SUPER CHIEN

Dans les coulisses

Allô, tout le monde! C'est nous, vos amis Georges et Harold.

Ça va, les copains?

On est en 5ᵉ année. On est plus vieux et plus sages...

Et très matures, je trouve.

On a même une nouvelle prof, Mme Loignon. Elle est super...

Sauf qu'elle nous fait lire de la <u>littérature</u> classique.

Moby-Dick

Ce mois-ci, on lit Le Conte de deux cités.

Et je te Dickens qu'on s'amuse!!!

HA HA HA HA HA HA HA HA HA

Comme on le disait, on est matures, maintenant.

On ne pensait pas aimer ce livre, mais c'est bon.

Oui. Profond et tout ça.

Le Conte de deux cités

Charles Dickens

Ça nous a inspirés pour un nouveau roman de Super Chien!

très profond, lui aussi!

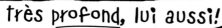

SUPER CHIEN
Conte de deux minets

Alors... Les Éditions de l'arbre ont le plaisir de présenter :

Un conte d'oppression...

Chef

un conte de rédemption...

un conte de renaissance...

et un conte d'espérance.

UN CONTE DE DEUX MINETS

Mais d'abord...

Résumons notre histoire jusqu'à présent :

SUPER CHIEN

super résumé!

Ils étaient les meilleurs...

et les pires de tous les flics.

C'était le siècle de la lâcheté...

et de la bravoure.

Une époque de mélancolie...

et d'inquiétude.

Une période de désespoir...

Oh non!!! La tête du flic meurt et le corps du chien aussi!!!

...une période d'inspiration.

C'était une intervention remplie de danger...

une opération remplie de succès.

HOURRA POUR SUPER CHIEN!

Un flic à tête de chien arpentait les rues glaciales d'une ville sauvage...

et un chat au cœur diabolique était enchaîné dans une prison féline.

Ainsi commence notre conte d'allégresse et de détresse.

SUPER CHIEN

CHAPITRE PREMIER
SERVIR ET PROTÉGER

par
Georges et Harold

Combien de fois te l'ai-je **RÉPÉTÉ?**

Un policier n'agit pas ainsi!

j'en ai **ras le bol!!**

RAS. LE. BOL!

Chef, vous ne vouliez pas montrer l'article à Super Chien?

Ah oui!

Regarde! On est des héros...

On a sauvé le monde de tête-de-lard!

sleurp
sleurp
sleurp

poisson maléfique vaincu

L'article dit que des chercheurs vont étudier le cerveau de tête-de-lard!

Super Chien, j'ai une mission pour toi!

Je te nomme responsable de la sécurité!

Qui veut protéger les chercheurs?

tête-de-lard est un poisson mort.

Vous savez que Super Chien aime se rouler dans les poissons morts.

Oh, il ne ferait jamais ça!

Super Chien est un bon chien!

CLONK

Entre-temps...

Prison des chats

Youpi! Youpi!

C'est mon anniversaire et le gardien m'a donné des ballons!!

Tiens, je t'en donne un, Tigrou.

Un pour toi aussi, Filou!

23

24

TWING

trappe
à ADN

Démarrer

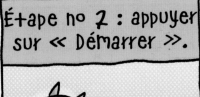

Étape no 2 : appuyer
sur « Démarrer ».

Mode d'emploi

trappe

tchonka
tchonka

Ding!

Étape no 3 :
ouvrir la porte et
sortir le clone.

34

Bonjour, je suis le Dr Ducrottin du super génial centre des sciences là-bas.

Notre équipe de bollés est revenue de la montagne.

On a déterré tête-de-lard, le poisson psychokinétique.

Pourquoi l'avez-vous déterré?

Pour étudier son incroyable cerveau, voyons!

je pensais que tête-de-lard était mort!!!

Il est **mort**!

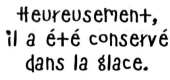

Heureusement, il a été conservé dans la glace.

Montre-leur, super chien!

Vous voyez? Pas une égratignure!

Quelles merveilles son cerveau nous apprendra-t-il?

quel savoir recèle-t-il?

quels pouvoirs attendent d'être découverts?

Oh, oh! Super Chien se roule sur ce poisson mort.

NOOOOOOON! Et il le fait en tourne-o-rama!

yoici le TOURNE

Étape n° 1

Place la main gauche sur la zone marquée « MAIN GAUCHE » à l'intérieur des pointillés. Garde le livre ouvert et bien à plat!

Étape n° 2

Prends la page de droite entre le pouce et l'index de la main droite (à l'intérieur des pointillés, dans la zone marquée « POUCE DROIT »).

Étape n° 3

Tourne rapidement la page de droite dans les deux sens jusqu'à ce que les dessins aient l'air <u>animés</u>.

(Pour avoir encore plus de plaisir, crée tes propres effets sonores!)

O-RAMA

N'OUBLIE PAS

de tourner
seulement la page 43.
Assure-toi de voir le
dessin aux pages 43 **ET**
45 en tournant la page.

Si tu tournes
rapidement, les images
auront l'air d'un
dessin animé!

Ajoute tes
propres effets
sonores!

Main gauche

43

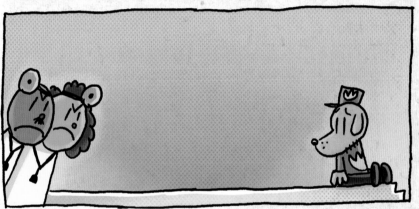

PLUS TRISTE!!!

Pourquoi êtes-vous méchants avec Super Chien?

Il a brisé tous les os du poisson!!!

Et alors? Il était déjà mort!

Comment allons-nous étudier le cerveau d'un poisson écrasé?

Je sais! On va le reconstruire!!!

Il sera encore mieux qu'avant!

Plus rapide... plus fort... plus frais!!!

Bonne idée! Retournons au super génial centre des sciences là-bas!!!

D'ac!

Yiens, super chien! Tu peux nous aider!

Mais garde ton air triste!

C'est mieux!!!

Super génial centre des sciences là-bas

Les chercheurs ont fait une grosse opération.

Ils ont remplacé les os de tête-de-lard...

par des pièces bioniques.

tête-de-lard est devenu plus machine que poisson.

Heureusement que tête-de-lard est mort!

Je sais! Il serait **très** dangereux s'il revenait à la vie!!!

Avec son cerveau télékinétique **Et** sa force bionique, il serait **invincible!!**

Une chance qu'on n'ait pas à s'inquiéter.

Oui! Avec Super Chien qui le surveille, tout va bien aller.

Rentrons à la maison pour nous reposer.

Bonne idée!

Entre-temps...

keuf! keuf!

keuf!
keuf!
keuf!

keuf!
keuf!
keuf!

Usine de
Yapo-vie

CHAPITRE QUATRIÈME
CHAT SUFFIT!

PARCE QUE JE TE LE DIS!!!

TWANG

PLOC!

HA HA
HA HA HA
HA HA HA
HA

tu es drôle, papa!

POURQUOI?

Plus tard...

Hé, papa!

je t'ai fait un livre!

Papa et moi par Petit Pistache

Va donc me faire une tasse de thé à la place.

D'ac.

journal

Bientôt...

Ça t'a pris du temps!!!

flrrrrrp

Hé! C'es

Merci. je ne trouvais pas de passoire...

alors j'ai pris un tue-mouches!

ÇA SUFFIT!

64

Oh! Un chaton gratuit!

Il coûte combien?

Un dollar!

Zut! je n'ai pas un dollar. j'ai juste un billet de dix!

Vous avez de la chance! Il est en solde pour dix dollars!!!

Super! Comment s'appelle-t-il?

Il n'a pas de nom!

Oui, j'ai un nom! C'est Petit Pistache.

Hi, hi. Ne l'écoutez pas.

Vous pouvez l'appeler comme vous voulez.

Je vais t'appeler Boule de neige!

Je vais t'appeler Boule de crotte.

68

quel est le **PROBLÈME** de tout le monde, ces jours-ci?

Chaton gratuit

Ce n'est pas rassurant pour l'avenir!

Chaton gratuit

« Il coûte combien? » peuh!

QUELLE IDIOTIE!

Chaton

Enfin, il est **CLAIREMENT** écrit ici...

Chaton gratuit

Chaton gratuit

Chaton gratuit

69

La vie est pénible et remplie d'effroi...

pour ma petite boîte et moi...

nous sommes seuls cette nuit...

remplis de doutes et de mélancolie...

CHAPITRE CINQUIÈME

CHAT ALORS!

Chaton gratuit

PETIT PISTACHE!

REVIENS, OÙ QUE TU SOIS!!!

Papa et moi
par petit pistache

pour papa

papa et moi dans les airs.

Il pleut et je vais au labo avec papa.

Entre-temps 2.0

braoum braoum braoum

Usine de Yapo-vie

de vie

braoum braoum

quel est le problème?

je pense que la cheminée est bouchée.

Débouche-la avant que la cuve explose!

Huile de Yapo-vie

Filtre de cheminée

Qu'est-ce que c'est?!!?

On dirait un genre de poisson bionique psychokinétique maléfique mort!

Comment s'est-il retrouvé dans la cheminée?

Et qui est responsable d'un truc pareil?

Entre-temps 3.0

HÉ!!!

Que fais-tu derrière cette plante?

Non, attends...

NOOOON

89

VILAIN CHIEN!!

JE SUIS JUSTE PARTI DIX SECONDES!

Super chien, il y a un chat dehors.

tu dois t'en débarrasser!

OUAF! OUAF! OUAF! OUAF!

Oh! Il est adorable!!!

Aimerais-tu vivre avec moi?

tu serais bien avec mes 29 autres chats!!!

TRIPLE
TOURNE-O-RAMA

Main gauche

pouce
droit

CHAPITRE SIXIÈME

Les
Éditions
de l'arbre
ont le
plaisir de
présenter

PLEIN DE CHOSES QUI ARRIVENT APRÈS!

FLIP FLOP FLIP FLOP FLIP

par
Georges et Harold

Bon, l'ami, tu dois numériser cette BD.

tchonka
tchonka
tchonka

Va chercher le petit qui l'a dessinée!

Alors...

FLiP FLoP FLiP FLoP FLiP FLoP

flip flop flip flop flip flop flip

tiens, tiens, tiens!!!!
j'aurais dû m'en douter!

Ne reste
pas là!
ATTRAPE-LE!

Alors...

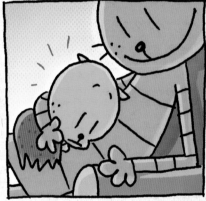

Bonjour, papa.

Ne m'appelle pas papa!!!

Où est Super Chien?

114

...et quand ils ont voulu me teindre en rose, Super Chien a fait « **Grrrr!** »

Puis il a dit: « **Ouaf! Ouaf! Ouaf!** »

Super Chien leur a fait peur et...

ASSEZ DE SUPER CHIEN!

115

OUAF!
OUAF!

OUAF!

Oh!
C'est
super
Chien!!!!

Regarde
et
apprends,
petit!!

Pistache, le chat le plus brillant du monde, présente

La **vraie** histoire de Super Chien!

La la lère... Allô! je suis Super Chien!

je suis un gros bêta.

je pourchasse les voitures et je bois dans les toilettes!

HA HA HA HA HA HA HA HA HA

CE N'EST PAS DRÔLE!

HA HA HA HA HA HA

j'aime renifler le derrière des autres chiens...

HA HA HA

me rouler dans les fientes de canard et...

HA HA HA HA HA

suivre des cours de bêtises pour être...

HA HA HA HA HA HA

HA HA HA HA

CE N'EST PAS DRÔLE!

119

Oh! Regarde!
C'est
Pistache!

Regarde-moi! je
suis siii intelligent.
je suis vraiment
génial!

je construis des
robots et des
machines!!!

je vais conquérir
le monde, un
jour!

Entre-temps...

Super
Chien

Chaton
endormi

Chaton
endormi

Chaton
endormi

124

Oh non!
On s'en vient!

Quel est le problème, Super Chien?

Chaton perdu

Appelez la police!

Tiens! Allons faire des copies et les distribuer!!!!

Entre-temps...

Labo secret de Pistache

Debout, petit!

Donne-moi ça!

tchac

Hé!

Oublie Super Chien un instant!

On a des trucs importants à faire aujourd'hui.

Regarde ce beau robot!

Wow!

C'est un 80-hexotron-droïde-formigon!!

je le surnomme 80-HD!

C'est un super robot transformateur!

Il peut presque tout faire! Lancer des missiles, écraser et détruire des choses...

Peut-il jouer à la chaise musicale?

Oui, mais... **NON!!!** Pourquoi veux-tu qu'il...

Écoute, **tu es mon clone!!!**

Donc, **TU es COMME MOI!**

Ton âme est aussi noire que la mienne!

Tu as toute une vie maléfique devant toi!

Écoute, petit, j'ai programmé 80-HD pour obéir à tes ordres!!

Quand tu sentiras la **PUISSANCE** dans **TES PATTES...**

Ton côté maléfique remontera à la surface.

Vas-y... donne-lui **UN ORDRE.**

Allez! Il fera tout ce que tu veux!!

Tout?

TRIPLE ➤
TOURNE-O
RAMA ➤

Main gauche

pouce
droit

138

Mais Méca tête-de-lard n'était pas le seul à s'animer.

Quand le gaz de Yapo-vie s'est répandu dans l'usine...

L'usine est devenue vivante, elle aussi!

GOUBA GABA!

Usine de Yapo-vie

Cette **bâtisse bestiale** est en plein ce qu'il me faut pour me **VENGER!!!**

141

142

Puis l'usine de Vapo-vie a manqué de gaz...

Mais pas avant d'avoir créé une armée de **bâtisses bestiales!**

Entre-temps...

Labo secret de Pistache

HÉ!!!

Ce robot n'est **PAS** ton **AMI!**

C'est **SÉRIEUX!** Ce n'est **PAS UN JEU!**

Ouvre-toi, 80-HD!

J'ai dit :
« OUVRE-TOI,
80-HD! »

Ah oui, j'oubliais.
Il est programmé
pour obéir à **TES**
ordres.

Dis-lui de s'ouvrir.

Ouvre-toi,
80-HD!

SHOOUP!

WOW!

tu vois? 80-HD est une extension de **TOI-MÊME!**

tu as la force et la taille d'un **GÉANT!** tu peux faire tout ce que tu veux!

tout?

Oui! tout ce que ton petit cœur sombre désire!

TRIPLE TOURNE-O-RAMA

Main gauche

Flatte papa

Disco papa

Berce papa

pouce droit

Les voilà! Il faut s'enfuir, les gars!

Allez! Qu'attendez-vous?

Il ne faut pas fuir, chef!

Quand le ciel s'assombrit...

NOUS SOMMES LA LUMIÈRE!

À L'ATTAQUE!!!

Vite, chef. Prenez le bout de cette soie dentaire...

et attachez-la au poteau là-bas.

Vinaigrette française

Super Chien et Zuzu observaient la scène...

CRAC

ette ise

Attention sol glissant

ette ise

Puis ils ont eu une idée!

VROUMM

Vinaigrette française

CLIC

Et puis...

CRAC!

CRAC!

Quel est ce vacarme?

Allons voir!

Flip Flop Flip Flop

CRAC!

Labo secret de Pistache

161

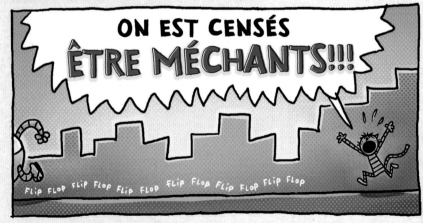

CHAPITRE HUITIÈME

LA RÉVOLUTION FRANÇAISE

Vinaigrette française

Hé! qu'est-ce qui s'est passé?

MES BELLES
BÂTISSES
BESTIALES!

QUI A PU FAIRE
UNE CHOSE
PAREILLE???

Chef, aidons super Chien et Zuzu à
détruire d'autres immeubles!

OUI!

165

Oh non! Super Chien et Zuzu n'ont plus de vinaigrette!

Ce n'est pas leur plus gros problème!

ATTENTION, SUPER CHIEN ET ZUZU!

Vinaigrette française

Tout semblait être fichu...

Au moins, Super Chien et Zuzu sont sains et saufs!

Mais **non!** Ils vont **TOMBER!!!**

Qui va les sauver?

LÈCHE-O-RAMA

tourne les pages...
sans les lécher!!!

Main gauche

Il donne sa langue au chat!

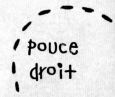

pouce
droit

Il donne sa langue au chat!

Mais cette joyeuse réunion...

ne dure pas longtemps!

176

Main gauche

pouce
droit

Et puis...

FOUMP

HOURRA!!!

Ces minables ont peut-être vaincu mes bâtisses...

Mais ils ne sont pas de taille contre mes pouvoirs psychokinétiques!!!

Je vais commencer par me débarrasser de ce robot-minet!

Petit Pistache! Ça va?

Oui. Mais 80-HD est cassé!!!

Ne t'en fais pas. je peux le réparer.

PRÊT
OU
PAS...

J'ARRIVE!

C'est une infiniment meilleure action...

POP

que tout ce que j'ai fait dans ma vie.

tiens, tiens, tiens!

Si ce n'est pas le puissant robot-minet!

tu es plus mignon de loin.

tu n'es pas très joli de près!!

tant pis...

Viens avec moi. C'est l'heure de **MOURIR!!!**

Pendant ce temps, les autres se sont enfuis.

Hé! C'est mon auto-patrouille!

Cachons-nous dans cette boutique.

D'ac.

MATÉRIEL D'ART

Vite!

Bientôt...

Entre-temps...

Hum... Comment vais-je me débarrasser de lui?

Je sais! Je vais le jeter dans ce volcan!!!

Une fois qu'il sera parti...

Je détruirai Super Chien et ses amis « héroïques »!

201

204

Entre-temps...

Les choses ne s'arrangent pas pour Pistache. Il est soulevé de plus en plus haut par le puissant cerveau de Méca tête-de-lard.

HA HA HA!

Dès qu'il atteindra 3 000 mètres, je le laisserai tomber dans le volcan!

Parce que... heu...

Parce que personne ne m'aime.

Pourquoi?

je ne sais pas.

Personne ne m'a jamais aimé. Même à l'école...

Les autres poissons ne jouaient pas avec moi.

Ils m'appelaient « grosses babines ».

têtе-de-lard
et moi dans
les étoiles.

On se balance
sur une
balançoire.

je tombe et
têtе-de-lard
me sauve.

tête-de-lard
et moi dans
l'océan.

On mange
cinq soupes.

Fin.

As-tu aimé ça?

C'était... c'était...

MERVEILLEUX!!!

tandis que le cœur de tête-de-lard se met à fondre, une chose étrange se produit...

OH NON!!! Mes pouvoirs diaboliques!!

Ils sont de plus en plus FAIBLES.

Oh, oh!

C'est une mauvaise nouvelle pour Pistache.

Oh, oh!

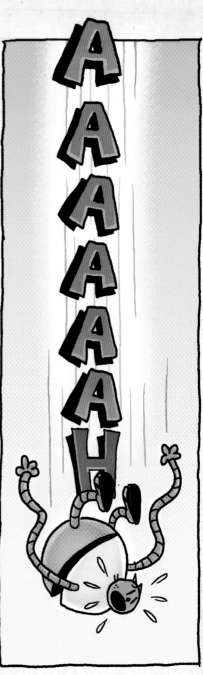

tant pis...

Ce doit être la fin.

ADIEU, MONDE CRUEL!

je vais enfin...

goûter le repos...

que je n'ai jamais connu!

Les Éditions
de l'arbre
ont le
plaisir de
présenter

CHAPITRE DIXIÈME

TROIS CONCLUSIONS

par
Georges et Harold

Première conclusion
L'HISTOIRE DE TÊTE-DE-LARD

tout le monde était sain et sauf.

HOURRA POUR SUPER CHIEN!

Peuh!

Mais...

tête-de-lard, tu as été un vilain poisson.

je sais.

Zuzu et moi, on t'arrête!

Bon.

Mais avant de partir...

je peux emprunter ce livre?

tu peux le garder. je l'ai fait pour toi.

Vraiment?

Oui! je t'en ferai d'autres si tu veux.

D'ac.

On va correspondre et s'envoyer des livres.

Super!

Deux semaines plus tard...

Prison des poissons

TÊTE-DE-LARD!

Une autre lettre de cet idiot de chaton!

Il n'est pas idiot! C'est mon **AMI!**

Si tu le dis! tu ne me fais plus peur!

tu es faible et rouillé!!!

Deuxième conclusion
L'HISTOIRE DE PISTACHE

Entre-temps, dans le présent...

Pistache, je t'emmène en prison!

Qu'est-ce que j'ai fait?

tu t'es échappé à la page 27!

Ah oui.

Petit, tu dois rester avec Super Chien un bout de temps.

D'ac.

ET JE VAIS LE DEVENIR!

HOURRA!

Vas-tu m'aider à être gentil, chef?

Bien sûr!!

je sais que je peux réussir avec ton aide!

Ça me fera plaisir!

je suis fier de toi, Pistache!

Merci, chef!

Allez, un câlin!

D'ac.

Troisième conclusion
L'HISTOIRE DE PETIT PISTACHE

Hé! C'est son autre sandale!

C'était long, mais on a trouvé tous ses morceaux.

En arrivant à la maison, je vais le reconstruire.

Il sera encore mieux qu'avant.

Plus rapide... plus fort... plus génial!!!

Oh. L'heure du dodo.

Bonne nuit, 80-HD!

On jouera ensemble demain!

Fais de beaux rêves!

Alors...

229

MAIS ATTENDS...

Si tu crois que l'aventure est finie...

TU N'AS ENCORE RIEN LU!

Au même moment, Georges et Harold sont en train de créer leur **PROCHAINE** œuvre profonde et mature.

jettes-y un coup d'œil!

Une célèbre starlette de cinéma disparaît...

Nouvelles
Yolande Lalande kidnappée

Super Chien à la rescousse!

OUAF!
OUAF!
OUAF!

OUAF!
OUAF!
OUAF!
OUAF!

qui aidera Super Chien?

Découvre-le dans notre prochain roman captivant...

SI TU AIMES L'ACTION...

LE SUSPENSE..

ET LES FOUS RIRES...

ALORS, SUPER CHIEN EST ÇA!

Super Chien est ÇA?
Ça ne veut rien dire!

MAIS ON AIME ÇA!

PETIT PISTACHE

en **20** étapes ridiculement faciles!

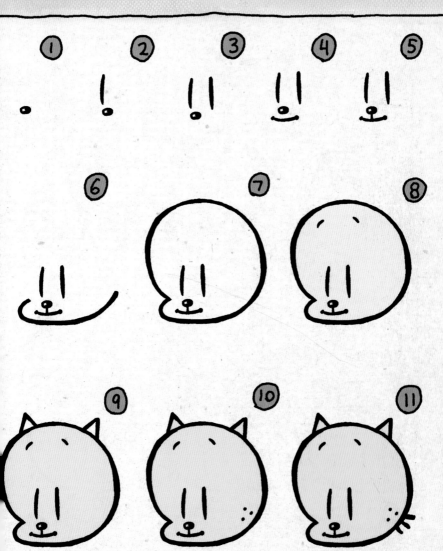

L'ABC du DESSIN

80-HD

en **18** étapes ridiculement faciles!

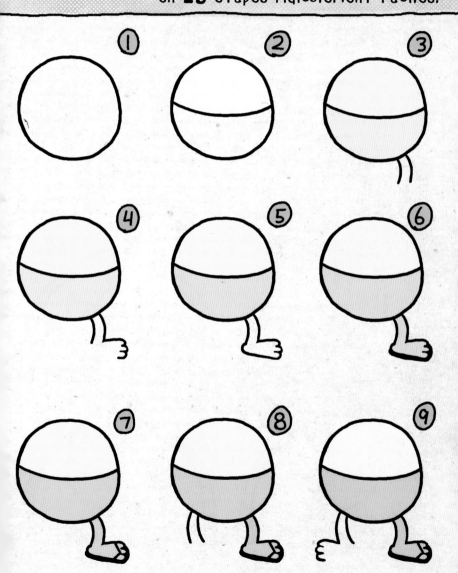

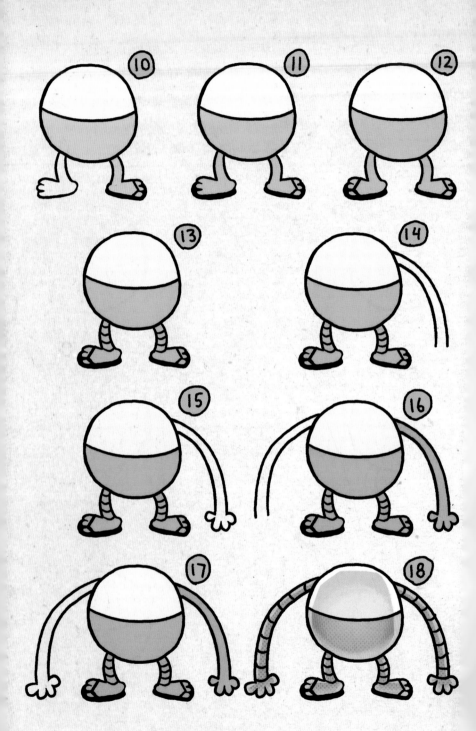

BÂTISSE BESTIALE

en **21** étapes ridiculement faciles!

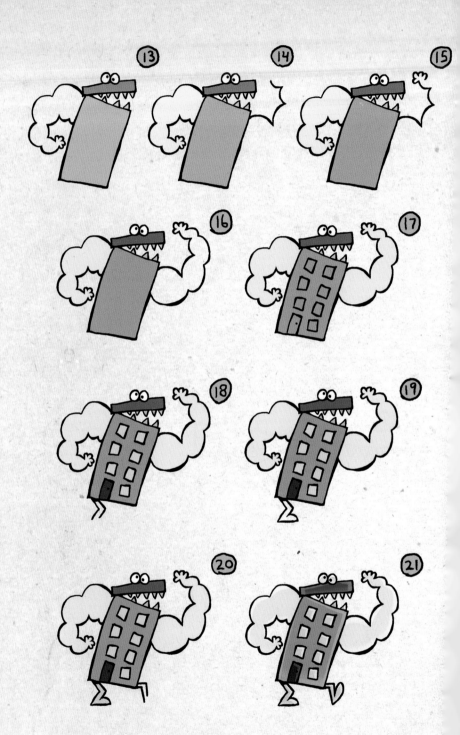

PISTACHE

en **27** étapes ridiculement faciles!

243

SUPER CHIEN

en **34** étapes ridiculement faciles!

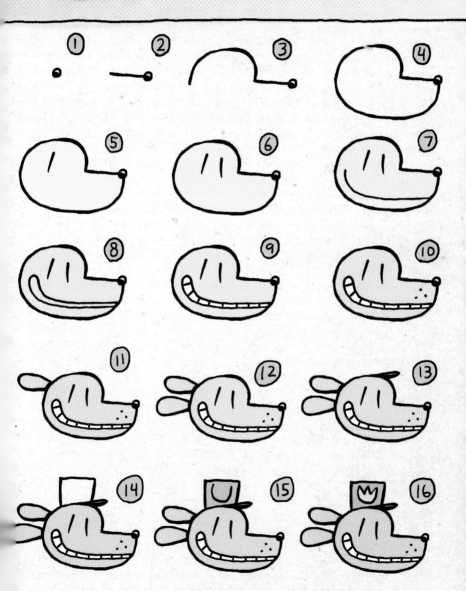

245

QUEL ARTISTE!

LIS À TON CHIEN!

Nom d'un chien! j'aime lire! C'est super!

Moi aussi!

Sais-tu qu'il y a un moyen de progresser à un autre niveau de lecture?

Non, comment?

En lisant à son chien!

Des chercheurs ont étudié les effets de la lecture aux chiens.

*Université de la Californie-Davis : Lire à Rover, 2010

Lire aux chiens permet aussi d'accroître l'empathie et la générosité.

Que faire si tu n'as pas de chien?

Ya à la bibliothèque...

Bibliothèque publique

Ils ont peut-être des chiens bénévoles!

Passe à un autre niveau de lecture...

En lisant à ton chien!

LIRE À SON CHIEN EST TOUJOURS UNE EXPÉRIENCE É-PATTE-ANTE!

SOPHIE, BRIDGET ET JAC

MICHAEL, KADEN, WINSLOW, MILO, GAVIN ET SOPHIA

BECKY ET REESIE CUP

LUCAS ET JACK

JOSH ET REESIE CUP

REESIE CUP ET AJ

LILY ET SALMA

SERENITY ET LILY

#LIREAVECSONCHIEN

252

KATIE ET REESIE CUP

GABRIEL, JACOB ET GIZMO

KATE ET BRIDGET

KRAMER ET CAMERON

ADAM ET REESIE CUP

CHEWIE, KYLE, TYGRA, ALEK ET PEE WEE

CONNAIS-TU LES COLLECTIONS CAPITAINE BOBETTE ET RICKY RICOTTA DU MÊME AUTEUR?

CAPITAINE BOBETTE

RICKY RICOTTA

À PROPOS DE L'AUTEUR

Enfant, Dav Pilkey souffrait de troubles d'hyperactivité avec déficit de l'attention, de dyslexie et de troubles de comportement. Dav dérangeait tellement en classe que ses enseignants le faisaient asseoir dans le corridor, tous les jours. Heureusement, Dav aimait dessiner et inventer des histoires. Il passait son temps dans le corridor à créer ses propres BD.

En deuxième année, Dav Pilkey a dessiné une BD au sujet d'un superhéros nommé capitaine Bobette. Son enseignante l'a déchirée et lui a dit qu'il ne pourrait pas passer le reste de sa vie à dessiner des livres bêtes. Heureusement, Dav n'écoutait pas ses enseignants.

À PROPOS DU COLORISTE

Jose Garibaldi a grandi du côté sud de Chicago. Enfant, il était souvent dans la lune et il aimait gribouiller. Aujourd'hui, c'est ce qu'il fait à temps plein. Jose est un illustrateur, un peintre et un bédéiste professionnel. Il a travaillé pour Dark Horse Comics, Disney, Nickelodeon, MAD Magazine et bien d'autres. Il vit à Los Angeles, en Californie, avec sa femme et ses chats.

CAPITAINE BOBETTE

RICKY RICOTTA

À PROPOS DE L'AUTEUR

Enfant, Dav Pilkey souffrait de troubles d'hyperactivité avec déficit de l'attention, de dyslexie et de troubles de comportement. Dav dérangeait tellement en classe que ses enseignants le faisaient asseoir dans le corridor, tous les jours. Heureusement, Dav aimait dessiner et inventer des histoires. Il passait son temps dans le corridor à créer ses propres BD.

En deuxième année, Dav Pilkey a dessiné une BD au sujet d'un superhéros nommé capitaine Bobette. Son enseignante l'a déchirée et lui a dit qu'il ne pourrait pas passer le reste de sa vie à dessiner des livres bêtes. Heureusement, Dav n'écoutait pas ses enseignants.

À PROPOS DU COLORISTE

Jose Gairbaldi a grandi du côté sud de Chicago. Enfant, il était souvent dans la lune et il aimait gribouiller. Aujourd'hui, c'est ce qu'il fait à temps plein. Jose est un illustrateur, un peintre et un bédéiste professionnel. Il a travaillé pour *Dark Horse Comics*, Disney, Nickelodeon, *MAD Magazine* et bien d'autres. Il vit à Los Angeles, en Californie, avec sa femme et ses chats.